GEORGES LE FÈVRE

Démolisseurs et Bâtisseurs

ANDRÉ DELPEUCH ÉDITEUR
51, rue de Babylone - Paris

1927

Démolisseurs et Bâtisseurs

GEORGES LE FÈVRE

Démolisseurs et Bâtisseurs

ANDRE DELPEUCH EDITEUR
51, rue de Babylone - Paris

1927

Démolisseurs et Bâtisseurs

I

Je ne sais pas ce qu'a pu être pour un Français de Toulouse, de Bordeaux ou d'Orléans la lecture de *l'Officiel* du 18 mars dernier. Sans préjuger l'impression qu'elle a faite sur les esprits sains, ignorants des manœuvres politiques et des combinaisons de couloirs, il est à supposer que tous les gens honnêtes, à quelque parti qu'ils appartiennent, ont dû éprouver une véritable stupeur en apprenant que pendant près de sept heures d'horloge, à la tribune et sur divers bancs de la Chambre, leurs compatriotes élus par eux, payés par eux, se sont livrés consciemment ou non, au jeu navrant d'une véritable politique de défaitisme colonial.

Cette impression ressentie par le pays tout entier, nous ne la connaissons pas encore. Elle se traduira plus tard, inévitablement.

Notre devoir est de bouleverser dès maintenant par l'énergique plaidoyer de tous ceux qui, ayant vu à l'œuvre les coloniaux, ont été les témoins ou les artisans du gigantesque effort de la France dans notre grande colonie d'Extrême-Orient.

L'indifférence, en vérité, serait trop grave.

Elle faciliterait singulièrement la tâche de quelques perturbateurs qui, jetant au public la pâture d'un soi-disant scandale savamment préparé, et risquant de décourager les vrais travailleurs, menacent de ruiner un effort économique de grande envergure par une campagne d'ordre essentiellement politique.

Pour moi, revenant d'un voyage dans les différentes colonies françaises ou étrangères du monde entier ; ayant mené une enquête économique sur une de nos grandes matières premières ; ayant traversé les *Settlements* britanniques de Malaisie ; les riches possessions néerlandaises de Java et de Sumatra, et notre domaine indo-chinois ; ayant comparé sur place, les résultats de notre politique indigène avec ceux qu'obtiennent nos voisins anglais ou hollandais ; émerveillé enfin par toute la grandeur de l'œuvre accomplie tant par les cadres que par les troupes, mon impression en lisant ce compte rendu des débats du 18 mars n'est pas de stupeur, mais d'accablement.

*
* *

Rentré en septembre dernier plus fort de mes admirations nouvelles et retrempé dans un bain d'énergie, j'étais fier de mes souvenirs accumulés comme d'un actif d'idées généreuses. Je n'avais qu'un désir : les exprimer au plus tôt devant tous ceux que je retrouvais en France.

Dieu sait pourtant que mon voyage

précédent en Guyane ne m'avait pas plongé dans une admiration béate. J'avais même été jusqu'à écrire, tant était grand mon découragement : « Pourquoi ne pas vendre la Guyane aux Américains ? »

Je débarquais donc à Saïgon les yeux ouverts mais l'esprit lucide. J'étais disposé à tout voir. J'ai vu.

Et ce que j'ai rapporté de ce long séjour dans les villes près des commerçants et des industriels ; dans les concessions, au milieu des planteurs et des coolies ; dans la brousse, près des Moïs, ce sont des documents qui m'appartiennent.

Tel geste d'affection d'un indigène pour son chef européen, je l'ai de mes yeux vu ; telle phrase qui me fut dite à Budop ou à Girinh, je l'ai, de mes oreilles, entendue. Mes vérités ne sont pas vérités d'importation. Et ce sont ces images, ces paroles, ces vérités qui m'obligent aujourd'hui à intervenir pour défendre la cause coloniale déchirée à la Chambre sans qu'une parole de vibrante protestation se soit fait entendre.

Il serait dangereux de ne pas réagir contre une attaque collective qui se manifeste par la violence des uns et par le silence des autres. La manœuvre des uns avait un but précis : profiter de la faiblesse des autres pour discréditer une œuvre et menacer son avenir.

Nous sommes à une époque où deux conceptions se dressent face à face, résolues cette fois à un assaut définitif. Du dénouement dépendra notre prospérité future.

Il ne suffit plus d'assister en spectateur amusé à telle joute oratoire, à telle savante offensive, parade ou contre-attaque de politiciens. Et puisque certains philosophes nous prédisent un monde en voie de reconstruction, ou de démolition il s'agit d'opter pour la civilisation ou pour l'anarchie.

* * *

Voilà comment se pose le problème devant tous les gens qui veulent réfléchir. Voilà ce qui justifie la campagne que j'entreprends aujourd'hui pour réfuter tous les arguments de partis, toutes les erreurs conscientes, toutes les inexactitudes involontaires prononcés au cours de cette lamentable séance.

A quoi bon les conférences de la Ligue coloniale, les Semaines coloniales, les Expositions coloniales, si de telles suspicions particulières, lèsent périodiquement toute notre œuvre d'expansion économique!

Je voudrais être l'avocat des honnêtes gens qui continuent à travailler. Et acquitter ainsi une dette contractée envers tous ceux qui me firent juge de leur labeur.

N'appartenant à aucun parti, je puis m'élever au-dessus des partis.

Et puisqu'une Commission d'Enquête vient de s'embarquer pour l'Indo-Chine; puisque l'effort de création est suspendu jusqu'au retour de cette Commission; puisqu'une refonte générale du système des concessions est envisagée par le Gouvernement; puisque tout enfin est remis en cause, paralysant brusquement une activité qui est notre seule chance de relèvement national, examinons donc au cours de cette enquête ce qui a bien pu effaroucher la vertu intransigeante de nos parlementaires.

Démontons pièce par pièce le mécanisme des concessions. Penchons-nous sur les états de recrutement, les statistiques de maladies, les feuilles de salaires, les levées topographiques, les comptes d'entreprises, pour faire juges ceux qui, de jour en jour plus nombreux, ont mis leurs espoirs dans les ressources lointaines de notre plus grande France, la France des cinq parties du Monde, celle qui peut, seule, nous sauver de l'esclavage économique dans lequel les discussions stériles, l'antagonisme des appétits, les luttes de classes, menacent de nous précipiter demain, *nous précipiteront demain.*

Et lorsque la France, dépendra pour les matières premières essentielles, des puissantes nations voisines, nous verrons si le Parlement prétend rester toujours maître des destinées du pays.

II

Voilà, Messieurs...

> Nos grands capitalistes se sont donc, depuis quelques années, rués vers l'Indo-Chine. Je voudrais savoir dans quelles conditions ces concessions ont été données.
>
> (Chambre des Députés, Séance du 18 mars 1927).

Des milliers d'hectares de concessions! Le scandale des concessions! La ruée vers les concessions!

Ce mot qu'on répétait l'autre jour à la Chambre, sifflant entre les lèvres, était un mot lourd de soupçons, d'inquiétude et d'envie. On eût dit, à l'entendre ainsi jeté du haut de la tribune par l'interpellateur et repris sur quelques bancs au milieu des exclamations indignées ou des rires amers, qu'une concession n'était rien moins qu'une part immédiatement monnayable de notre sol indo-chinois, et distribuée aux favoris de l'Administration comme jadis les abbayes aux intrigants de cour; qu'une prébende accordée à quelques gras chanoines, âpres à la curée des revenus du chapitre colonial.

Ouvrons donc le dictionnaire, puisqu'aussi bien nous en sommes réduits en 1927 à épeler en ânonnant les lettres de notre vocabulaire administratif.

Ouvrons et lisons :

Concession : Abandon de biens domaniaux à des particuliers.

Et les communistes habiles à interpréter les textes, de conclure aussitôt : *On vend l'Indo-Chine par morceaux aux sociétés financières. Un gigantesque lotissement de 720.000 kilomètres carrés ; densité moyenne : 28 habitants au kilomètre carré. Soumissions sur enveloppes cachetées.*

Résultat. Panique parlementaire. Voilà où nous en sommes.

Reprenons donc, en l'expliquant, ce mot *concession*. Il est assez lourd de sens pour qu'on lui consacre un chapitre particulier.

LA JUNGLE INDO-CHINOISE.

SUR LA ROUTE DE LOC-NINH — L'AUTOBUS DE LA POSTE.

Quarante années d'efforts opiniâtres résumés en quelques lignes, suffiront, je l'espère, à faire comprendre qu'il est digne du tableau d'honneur et non du pilori.

*
* *

L'Indo-Chine a son domaine privé, formé au moment de la conquête. L'arrêté du 15 janvier 1903 le définit clairement : *ce sont les bois et forêts, et, d'une façon générale, tous les terrains vacants et sans maître.*

Est-ce dire que la France se soit imposée avec brutalité, dépossédant les habitants de leurs terres, pour créer un désert là où vivait jadis une nombreuse population ?

Non.

Bien avant l'occupation française, la superficie des terrains inhabités était immense. Il était donc normal qu'après la pacification, ces terrains et ces bois sur lesquels des droits de propriété ou d'usage régulièrement acquis n'existaient pas, fussent incorporés au domaine de la colonie.

Que fallait-il donc faire de ces terres incultes qui s'étendaient sur des centaines de milliers d'hectares ? Les conserver jalousement ou s'efforcer de les mettre en valeur? Se contenter d'une occupation militaire stérile parce qu'injustifiée, ou faire œuvre de civilisation en cultivant la nature d'abord, les hommes ensuite?

Tout le passé colonial de la France nous commandait d'agir.

Il fallait faire appel sur le champ à l'initiative privée; concéder à des particuliers — individus ou sociétés — une partie des terrains domaniaux; les inciter à créer des domaines agricoles ou des entreprises industrielles; leur montrer la brousse et leur dire : « Installez-vous là et travaillez » !

De là un régime de concessions sans lequel il n'est pas de réussite possible en matière coloniale.

Voici donc justifié le principe de l'aliénation des terrains domaniaux. Passons à l'application.

Suffisait-il de dire aux colons : « Acheteznous de la terre et travaillez », pour qu'ils vinssent? Faut-il rappeler ici les conditions dans lesquelles s'établirent les premiers Français en pleine jungle indo-chinoise? Pas de routes, une eau malsaine, un soleil de plomb, la fièvre tapie dans les marais, une végétation étouffante, la solitude de l'exil.

Ils vinrent cependant. D'abord isolément, puis une société se constitua, puis une autre. Il fallait tout apprendre, tout tenter. Déchiffrer mot par mot les données d'une équation aux terribles inconnues. Beaucoup d'entre ces colons de l'époque héroïque dorment aujourd'hui dans la terre qui leur fut concédée. De combien d'échecs douloureux furent précédées les premières réussites? De combien de dévouements anonymes? Nous ne le saurons jamais.

L'Administration, toutefois, répondait à cette ardeur de néophytes, à cette fièvre de création, à ces élans de travailleurs, par l'élaboration complexe de règlements locaux.

Pour la Cochinchine, le Cambodge et le Tonkin, la concession des terres ne se fit qu'à titre onéreux. Ce régime avait pour avantage de fournir au budget de l'Indo-Chine des ressources qui constituaient la contre-partie des dépenses d'intérêt général faites par la colonie, et nous n'en contesterons pas la légitimité.

Toujours est-il que la terre n'était plus cédée gratuitement (arrêté du 27 octobre 1923), alors qu'elle l'était en Annam pour des concessions de moins de 500 hectares (arrêté du 18 avril 1899), tandis que les terres du Darlac restaient propriété des indigènes et ne pouvaient être cédées qu'avec leur accord.

*
* *

Pourquoi ces régimes différents?

L'Administration, nous répondra-t-on, devait tenir compte des divers intérêts en présence. Soit. Mais ce qu'on néglige d'ajouter, c'est que l'Administration — et nous ne lui en faisons pas, d'ailleurs grief — n'ignorait pas la valeur actuelle ou future des terrains qu'elle concédait.

La Cochinchine ne connut jamais, à de bien rares exceptions, le régime des concessions gratuites. Et pour cause. C'était, en effet, le pays le plus ouvert, le plus riche en possibilités et où l'effort des colons devait se montrer le plus productif. Il y a vingt ans, alors que toute la région des terres rouges au nord de Saïgon, était loin d'être entièrement prospectée, les concessions n'y étaient accordées qu'au prix de cinq piastres l'hectare.

Aujourd'hui, on ne peut obtenir de concessions situées aux abords des voies de communication, à moins de vingt-cinq piastres.

Rien de plus naturel qu'une progression des valeurs dans un pays en voie de développement. C'est un indice de prospérité dont il y a lieu de se féliciter puisque la colonie en profite.

Reconnaissons toutefois que l'Administration ne fait pas de cadeaux.

Actuellement, lorsqu'une société veut planter du caoutchouc et acquérir trois mille hectares, ce qui est un minimum, elle doit verser la somme de 75.000 piastres (3.000 × 25), c'est-à-dire plus d'un million de francs, pour avoir le droit de commencer le travail.

— Pas partout.

— C'est exact. Certaines régions du Kontoum, par exemple, dans le centre Annam, en pleine brousse, sans route, sans chemin de fer, sont d'un prix beaucoup plus abordable. Depuis quatre ans, l'Administration, pour encourager les amateurs, a presque distribué des prospectus :

Admirable plateau de terres rouges, altitude 7 à 900 mètres. Défrichement insignifiant, conviendrait pour culture caféiers, arabica et coton du Cambodge, élevage de moutons, coolies annamites à bon compte, s'adresser...

Ce qui signifie en d'autres termes :

« Voulez-vous dix mille hectares de forêts qui exigent pour être convenablement exploités une main-d'œuvre de dix mille hommes? Voulez-vous aller chercher ces dix mille hommes au Tonkin, les transporter sur place, nourrir cette nouvelle population, construire des routes, créer un peu de vie dans ces régions abandonnées auxquelles personne ne s'intéresse? L'Administration veut bien, gracieusement, vous autoriser à le faire ».

Je suppose qu'une société se décide à accepter ce cadeau. Plus de sentiment, alors : des chiffres.

Il faut commencer à envoyer sur place une mission d'études pour étudier le pays à fond.

Il faut ensuite, pour jouer ce rôle de pionnier dans une région où il n'y a personne, où tout est à faire, constituer des cadres et faire de coûteuses expériences.

Il faut enfin, après avoir défriché, labouré et planté le premier hectare, soutenir l'entreprise pendant sept ans avant que produise le premier hévéa, c'est-à-dire envisager pendant cette période une dépense de 8 à 9.000 francs par hectare, sans un sou de recette.

Comme la plantation s'étend sur dix mille hectares, cette mise de fonds s'évalue à 80 millions.

L'Administration veut bien, gracieusement, autoriser une société à dépenser 80 millions qui devront attendre pendant sept années les premiers dividendes.

C'est ce qu'elle appelle concéder gratuitement dix mille hectares de terrain. Une jolie prébende, comme on voit.

*
* *

Voilà le programme devant lequel se sont trouvées et se trouvent encore certaines sociétés. Elles ont réussi, quand même.

Mais devant cette réussite, un Américain, gros acheteur de caoutchouc, à qui on prêtait dernièrement l'intention de planter l'hévéa pour son compte, répondit en hochant la tête :

— Tout bien examiné, je préfère continuer à acheter le caoutchouc anglais, hollandais ou français. Je ne serai jamais un planteur.

Ce travail n'est pas fait pour moi. Je n'aurai jamais la patience d'attendre.

C'est à l'école de la patience que ce sont formées les grandes affaires coloniales. Ne l'oublions pas.

Les sociétés françaises ne bénéficient pas à cet égard d'un régime de faveur. Et puisqu'un Américain l'a constaté, le Parlement français peut bien en convenir.

III

Précisions demandées

> Il me suffit d'avoir établi que certaines concessions données dans des conditions qu'il faudra préciser, ont dépecé ce pays pour en attribuer les morceaux à de très puissantes sociétés financières.
>
> (Chambre des Députés, séance du 18 mars 1927).

L'Administration ne fait pas de cadeaux. Je crois l'avoir prouvé dans mon dernier article. Elle se contente de dire aux planteurs :

— Voici un terrain qui jusqu'ici, pratiquement ne vaut rien. Je vous autorise à lui donner de la valeur. Je vous autorise à y travailler, à y mourir même. Et puisque vous voulez faire du caoutchouc, je ne vois pas d'inconvénients à ce que vous tentiez une culture qui implique de lourdes responsabilités et expose à de terribles réveils.

Rien à dire.

Tous les vrais créateurs, tous les vrais chefs d'entreprise n'ont jamais demandé plus. Ils savent lutter, c'est-à-dire prévoir avant d'agir. Ils acceptent le combat et s'arment en conséquence.

— Allez, Messieurs !

Encore faut-il qu'on leur donne le signal.

Mais l'Administration dans tous les pays du monde et particulièrement en France, n'est point pressée. Elle n'est vraiment d'accord sur un régime qu'après l'avoir éprouvé par de successifs règlements, étayé sur une armature de décrets, d'arrêtés, de notes et de circulaires qui alourdissent prudemment toute initiative dont la hardiesse et le succès pourraient paraître suspects.

Après avoir dit : « Le Règlement le permet », elle ajoute : « Mais il faut appliquer le Règlement ».

En d'autres termes, au moment où le planteur prêt à agir n'attend plus qu'une réponse décisive, l'Administration se contente de répondre : « Attendez ! »

Les premières vertus coloniales se fortifient ainsi à l'école de la patience.

*
* *

Le planteur a prospecté sa future concession.

Cette courte phrase en traduit plus long qu'on ne pense.

Un bon prospecteur est un homme qui part sur une idée, tout seul, avec son fusil de chasse sur l'épaule et en sifflant son chien. Il s'est donné à lui même sa tâche : connaître une région inconnue, la délimiter, en évaluer les ressources, tracer des pistes en forêt pour la parcourir en tous sens, prendre contact avec les naturels du pays, reconnaître les qualités du sol, calculer les frais de défrichement, envisager la création de routes, réunir enfin tous les éléments qui lui permettront d'établir sa demande selon les formes prescrites.

Travail d'arpentage et de cadastre dont l'Administration bénéficie et qui ne l'engage nullement.

Il n'en coûte au planteur qu'un ou deux mois de travail pénible, des marches ou contre-marches au coupe-coupe en pleine futaie ou à travers des massifs de bambous épineux pour dresser à l'échelle fixée par les arrêtés réglementaires un plan de la surface *qui indique d'une manière exacte par rapport à des points fixes et remarquables de la région, la position des terrains demandés.* (1)

Lorsque le planteur a relevé convenablement son terrain, lorsqu'il a rédigé sa demande au chef de la province et à l'autorité qui statuera en dernier ressort ; lorsqu'il y a fait figurer ses noms, prénoms, qualités, nationalité, domicile ordinaire ou siège social ; lorsqu'il a indiqué l'objet précis de son entreprise ; lorsqu'il a, de plus, fourni toutes pièces justifiant de sa nationalité et tous renseignements relatifs à sa capacité financière, sa demande est inscrite sur un registre spécial et public.

— Et cette inscription...

— Cette inscription n'oblige pas l'Admi-

(1) § II. Art. 6 de l'arrêté du 19 septembre 1926

nistration à concéder le terrain demandé. Ce n'est qu'un simple enregistrement. Une première étape.

*
* *

Voici le dossier constitué, mûr pour le cartonnier. Il y séjourne quelques semaines. Il y séjournerait quelques mois si le planteur qui en est le père adoptif, ne le surveillait avec sollicitude. Durant son sommeil il s'est enrichi d'un nouveau rapport : celui de la Commission d'enquête composée du délégué de l'Administration d'un géomètre, d'un employé des services civils, de délégués indigènes et du concessionnaire lui-même qui a voix consultative.

On se rend sur place, on refait de nouveaux plans à de nouvelles échelles, et la Commission émet ou n'émet pas un avis favorable.

— Et si l'avis est favorable ?

— Attendez ! Il a fallu auparavant que la demande inscrite fût rendue publique, insérée dans les feuilles officielles, affichée au chef-lieu de la colonie, affichée au chef-lieu de la province, affichée sur l'emplacement de la concession et dans les villages limitrophes, rédigée en français et traduite dans la langue du pays.

C'est alors que se manifestent les vraies oppositions, que commencent les vraies difficultés.

Chaque Bureau administratif émet ses objections, formule ses réserves. Le service des Eaux et Forêts intervient, puis le service des Ponts et Chaussées, puis le service des Domaines. Il faut livrer bataille sur des points particuliers et savoir faire triompher son bon droit. Quelques Moïs habitant trois misérables paillotes et qui, d'habitude se déplacent chaque année pour faire leur *raye*, c'est-à-dire le défrichement indispensable à la culture du riz, ne veulent plus partir, réclament de lourdes indemnités d'expropriation.

Lorsque ces difficultés sont aplanies, d'autres surgissent. Depuis que la demande

LE VILLAGE DE COOLIES — LE MARCHÉ.

PLANTATION DE BUDOP — LE RASSEMBLEMENT POUR LE DÉPART AU TRAVAIL.

traîne dans les dossiers de l'Administration, la configuration du terrain, ses voies d'accès, ses ressources éventuelles, ne sont plus un secret pour personne. Un concurrent peut se présenter. Il bénéficie des recherches préalablement faites et bien souvent possède un plan détaillé de la concession avant de s'être même dérangé pour la voir.

Ainsi, avant même d'avoir fait aboutir les multiples démarches dans lesquelles il s'est engagé, le planteur se trouve parfois en présence d'un nouveau-venu qui prétend faire valoir ses droits sur la concession.

Et comme au-dessus d'une superficie de mille hectares, les marchés de gré à gré ne sont plus autorisés qu'exceptionnellement, l'Administration du chef-lieu impose obligatoirement les enchères publiques.

Résumons-nous.

Après quinze ou dix-huit mois de tribulations le planteur, harcelant les hauts fonctionnaires, poussant ses malheureux dossiers de table en table, tour à tour suppliant ou menaçant, à l'affût du moment opportun, guettant la bonne humeur d'un secrétaire, usant de diplomatie ou d'autorité, n'a obtenu qu'un résultat : celui de pouvoir mettre une enchère supérieure à celle de son concurrent. Son droit d'inventeur est méconnu. Je sais bien qu'un dernier arrêté lui a reconnu le privilège de surenchérir d'un vingtième pour obtenir l'adjudication des terrains qu'il demande. Privilège de bien courte durée puisque tout a été remis en question depuis le dix-huit mars et qu'on envisage, sans même le connaître, une refonte générale du système des concessions ?

*
* *

Ce tableau des vicissitudes d'un planteur n'est guère encourageant. Bien des particuliers riches d'espoirs et de bonne volonté, mais ne possédant que des capitaux insuffisants n'ont pu résister aux obstacles des formalités administratives acceptables dans leur esprit mais détestables dans leur application. Ils ont abandonné. Ils ont repris le bateau pour la France.

Comme je l'ai dit dans mon *Epopée du caoutchouc* : planter, c'est attendre. Attendre avant, attendre après, attendre toujours.

Ce qui m'a fait ajouter : « Pas de colonisation de grande envergure sans capitaux ».

Là où le particulier ne réussissait que par miracle, seules, de puissantes sociétés purent s'imposer et vaincre.

Si l'interpellateur communiste du 18 mars avait été se promener pendant un mois dans la jungle de Cochinchine ou du Cambodge et s'il s'était penché de bonne foi sur la rigoureuse réalité des problèmes qui s'y posent, il aurait cité avec moins d'amertume le nom des compagnies financières derrière lesquelles se masque, paraît-il, un nouvel impérialisme colonial.

Si ce contempteur des entreprises agricoles connaissait un tant soit peu la grande culture, il ne se serait pas indigné devant l'importance des superficies concédées auxdites compagnies. Il n'aurait pas cité comme témoins à charge ces chiffres de 5.000, de 10.000 hectares qui sont au contraire les témoignages splendides d'une victoire obtenue plus rudement sur la paperasserie que sur la brousse.

Peut-être aurait-il compris alors qu'il est criminel d'entraver une tâche si courageuse et si lourde, une tâche qui exige tant de patience, de ténacité et de foi, par une attaque politique à longue portée contre laquelle, là bas, en Cochinchine, les intéressés ne peuvent se défendre.

Hélas, le difficile n'est pas de comprendre.

Le difficile est d'avouer qu'on a compris.

IV

L'expropriation du Moï.

> A qui donc appartenaient ces terres, avant qu'elles fussent concédées aux grandes Sociétés, à de petits paysans de là-bas, à de pauvres gens...
> (Chambre des Députés, Séance du 18 mars 1927).

Une puissante compagnie financière, semblable à celles du XVIIIe siècle, comme dit M. Marcel Cachin, arrive donc et râfle d'un coup 25.000, 30.000 hectares, plus encore, pour prolétariser les petits propriétaires de la région.

Nous avons vu au cours d'un dernier chapitre, combien cette manœuvre dénoncée à la tribune avec un tremblement de voix pathétique et une sainte indignation, était irréalisable.

Dans toutes les régions de l'Indo-Chine

actuellement pacifiées et peuplées de paysans annamites ou tonkinois, nous avons vu le souci qu'a toujours eu l'Administration de défendre la petite propriété contre l'essor rapide des grandes plantations.

Nous avons vu comment chaque demande de concession devait être affichée en divers lieux pour permettre aux intéressés de formuler leur opposition dans les délais légaux.

Aussi bien ne sont-ce point, dans la pensée de l'orateur, les intérêts des petits propriétaires cochinchinois, cambodgiens, annamites ou tonkinois qui sont mis en cause. Ils sont explicitement protégés par le *Décret fixant les règles relatives au régime de la Propriété foncière en Cochinchine, et l'Ordonnance royale réglant les modes d'aliénation du domaine cambodgien.* Ces documents sont publiés à l'*Officiel* et quiconque peut en prendre connaissance.

Alors? Où trouver les victimes? Car il faut des victimes! Parbleu, mais dans la brousse, dans la forêt tropicale, dans les régions encore imparfaitement conquises, où les règles de la propriété foncière sont, et pour cause, mal précisées.

*
* *

Le tableau de misère et de spoliation devient évidemment bien facile à brosser. Et comme il est moins agréable de suivre le travail du planteur à la limite des régions insoumises, que d'écouter à la terrasse d'un café de Saïgon les palabres d'un agitateur, on laisse à son imagination tout pouvoir pour imaginer et peindre ces sombres images de la colonisation à coups de trique, dont s'émeut l'âme sensible des lecteurs de l'*Humanité*.

Jusqu'à plus ample informé, je préfère toutefois m'en rapporter au témoignage de mes yeux. Et ce que j'ai vu, je vais vous le raconter.

J'ai vu, à trois kilomètres de Budop, dernier centre administratif au nord-est de la

Cochinchine, presque à la limite de la forêt cambodgienne, en pleine brousse, une plantation en voie de défrichement. A la lisière de cette plantation naissante, rouge et nue sous le soleil, s'étendait la forêt sombre, touffue, impénétrable. On suivait une étroite piste en écartant les lianes, et, après quelques minutes de marche, une dizaine de pauvres cases coiffées d'un toit d'herbes sèches et juchées sur des pieux de bambou, apparurent entre les arbres.

C'était un village moï.

Une grande agitation régnait autour de la case du chef. Les yeux étaient pleins d'effroi, les visages semblaient bouleversés.

— Que se passe-t-il ?

J'avais posé cette question, un peu intrigué. Mais le planteur qui m'accompagnait l'était plus que moi. Il s'avança vers le chef et commença de l'interroger en langage moï.

Autour de nous, les femmes rassemblaient des jarres, empilaient des étoffes, liaient des sacs de riz avec des fibres de bambou et des enfants nus pourchassaient les cochons avec des cris sauvages.

— Que se passe-t-il ?

J'avais répété ma question, mais le planteur ne me répondit pas. Il était en grande conversation avec le chef. Bien qu'il lui posât la main sur l'épaule et l'interrogeât avec douceur, il n'obtenait en réponse que des roulements d'yeux effrayés et des gestes qui, tous, désignaient la case principale avec terreur, avec un tremblement du corps, avec une angoisse toujours renouvelée.

— Eh bien, dis-je, quand mon compagnon revint vers moi, vous avez l'air soucieux ?

— On le serait à moins. Le village fout le camp. Et toute ma main-d'œuvre avec. Des Moïs qui étaient installés ici depuis cinq ans ! Tranquilles, travailleurs ! Ils sont désespérés de partir.

— Quoi, vous les chassez ?

J'ai posé la question, Monsieur Cachin. Je l'ai posée instinctivement, mais aussi crûment que vous l'eussiez posée vous-même.

Et voici la réponse qui me fût faite.

— Hier soir, le frère du vieux qui vient de me parler, du chef, quoi... arrive dans la nuit, se trompe de case. Il est lui-même chef d'un village à l'intérieur et de passage ici pour quelques jours. Avait-il bu un peu trop d'alcool de riz ou ruminait-il quelque vengeance ? Je ne sais. Bref, au lieu d'aller dormir dans la case des étrangers réservée aux hôtes, je vous dis qu'il se trompe et va dormir dans la case du chef.

— Alors ?

— Alors, voilà. La malédiction est tombée sur le village. La récolte est perdue d'avance, les femmes seront stériles, les hommes dépériront et le seul moyen d'apaiser la colère des Dieux est de déguerpir au plus vite, d'aller à cinq jours de marche, au hasard dans la forêt pour s'installer ailleurs.

— Comment vivront-ils ?

— Ils crèveront de faim, c'est probable. En attendant ils me laissent un abatage inachevé. J'espérais terminer à la fin du mois et j'achèverai trois semaines plus tard, si la guigne ne me poursuit pas. Cela me coûte, en plus, vingt sacs de riz.

— Comment?

— Parce que le vieux m'a supplié de les lui prêter pour lui permettre d'attendre la future récolte, une récolte encore lointaine puisqu'ils ne savent où aller, qu'il leur faudra dessoucher, brûler et planter quelque part dans la forêt. Mais c'est un geste d'humanité qui n'est pas inutile. Ils s'en souviendront peut-être un jour quand nous aurons besoin d'eux, plus tard, là-bas...

Et sa main désignait l'impénétrable.

*
* *

Ce récit n'est pas une digression. Nous sommes au contraire en plein dans notre sujet. Bien plus, cette petite histoire démontre que, loin de chasser les Moïs qui peuplent, çà et là, la jungle encore sauvage, les planteurs avisés s'efforcent de les retenir par la douceur, l'entr'aide et la reconnaissance.

Grand abatteur d'arbres, le Moï est précieux pour le dur travail de défrichement. Mais il est de caractère nomade et son indépendance le rend insaisissable.

Il est, en outre, astreint par le système de culture qui lui est particulier, à déménager périodiquement son village lorsqu'il déplace ses rizières. Vivant en pleine forêt, il en brûle une parcelle, crée quelques champs qu'il fume avec les cendres, puis, un ou deux ans après, change de place et va ouvrir ailleurs une nouvelle culture.

Pour exproprier le Moï, il faudrait savoir d'abord où se trouve sa propriété. Et la propriété du Moï, c'est la forêt tout entière. Des centaines de milliers d'hectares.

On peut objecter que les nouvelles plantations entament la jungle toujours plus avant et que les naturels de la région peuvent, de ce fait, après l'utilisation de leurs services comme débrousseurs, être contraints à céder la place.

Même pas!

L'Administration a tout prévu. Outre les réserves forestières constituées obligatoirement dans toute plantation, des réserves sont prévues pour les Moïs, pour leur cycle de culture, imposant aux domaines des enclaves souvent préjudiciables à leur mise en valeur rationnelle.

*
* *

Reprenons donc maintenant par curiosité ce chiffre de 15.000 hectares cité, hurlé, serait-il plus exact de dire par certains colonisateurs de Moscou et précisons dans quelles conditions les grandes sociétés utilisent ce domaine « râflé » par la civilisation capitaliste.

Je puis affirmer sans crainte d'être contredit, qu'une importante affaire agricole ne peut pas cultiver moins de 3.000 hectares d'hévéas qui, par les besoins d'une main-d'œuvre permanente et régulière constituent la base de toute grosse culture.

Si le planteur veut, en plus, cultiver la canne à sucre, il lui faut, étant donné la rotation des cultures pour la reconstitution du sol, 5 à 6.000 hectares à sa disposition. L'obligation des réserves forestières (500 à 1.000 hectares de terrain bien boisé ou, ce qui est malheureusement plus fréquent, 2 à 3.000 hectares de clairières) augmentent notablement la superficie demandée et comme il faut, de plus, compter un bon tiers de la concession non cultivable par suite des pâturages, terrains déclives ou pierreux, nos 15.000 hectares sont atteints même dépassés.

Le récent arrêté du gouverneur général, limitant à 15.000 hectares le maximum d'une concession, n'est donc point arbitraire, mais bien au contraire rigoureusement étudié.

Je pense avoir apporté aujourd'hui des témoignages et des chiffres.

Ces éléments précis de riposte auraient dû être apportés à la tribune. Ils ne l'ont pas été. Ils eussent pu imposer silence aux calomniateurs de notre effort colonial.

Mais le silence était, ce jour-là, fait extraordinaire, dans la bouche de nos plus ardents coloniaux.

UN VILLAGE DE COOLIES, PRÉPARÉ AVANT MÊME QUE LA PLANTATION SOIT ENTIÈREMENT DÉFRICHÉE.

TYPE DE VILLAGE INDIGÈNE AVEC CASES INDIVIDUELLES.

V

Le recrutement du coolie

> Après avoir ainsi salué l'ensemble des profits capitalistes de notre colonie de l'Indo-Chine, peut-être conviendrait-il de dire quelques mots des indigènes, de la pauvre humanité qui est là-bas sous la domination de ces puissances d'argent.
>
> (Chambre des Députés, séance du 18 mars 1927).

C'est également notre avis. Et puisque l'interpellateur du 10 mars nous convie à le faire, nous sommes prêts, non pas en récitant des morceaux choisis qui sont, de l'aveu même du citateur, de petits hors-d'œuvre littéraires, mais en nous appuyant sur des documents et des rapports, à exposer ici l'importante question de la main-d'œuvre indigène.

Quelle est cette main-d'œuvre, d'où vient-elle et quel est l'objet de ses plaintes? Telles

4

sont les trois questions qui se prêtent tout d'abord à l'examen.

En précisant dans mon précédent article la question des réserves moïs, j'espère avoir fait comprendre que les grandes sociétés agricoles de Cochinchine ou du Cambodge se trouvaient, leur concession étant enfin obtenue, en présence de deux éléments distincts de population :

1° Les Annamites, Cochinchinois ou Cambodgiens installés dans les régions déjà ouvertes à la civilisation, et constituant une majorité de paysans, maraîchers, artisans, ouvriers des villes, colporteurs, marchands ou petits propriétaires fonciers, peu disposés par tempérament à quitter les centres urbains ou ruraux pour s'embaucher dans les durs chantiers de la jungle.

2° Les Moïs, indépendants et insaisissables, propres au travail de défrichement mais incapables d'assurer le travail régulier qu'exigent l'exploitation et l'entretien d'un grand domaine. Or, les plantations de caoutchouc — ce sont elles qui sont le plus directement visées — réclament en moyenne un homme par hectare. Comme elles s'étendent sur une superficie de trois mille, cinq mille ou quinze mille hectares, le calcul est simple à faire : il faut trois mille, cinq mille ou quinze mille hommes sur place pour répondre aux besoins progressifs des « ouvertures » de la plantation.

*
* *

Où trouver ces véritables armées de travailleurs ?

Certainement pas en Cochinchine où la population est aisée, plus individualiste qu'ailleurs, et où la masse laborieuse s'emploie de préférence dans les usines ou dans les rizières du Sud appartenant à de riches propriétaires annamites.

Le planteur est donc obligé de chercher au dehors la main-d'œuvre qui lui est nécessaire. Il procède à de véritables opérations de recrutement et envoie au Tonkin, dans le centre Annam ou à Java des agents qui ont pour mission d'embaucher sur place les indigènes qui désirent émigrer comme *coolies*.

Ce mode de recrutement, hâtons-nous de le dire, n'est point particulier aux méthodes coloniales françaises. Les planteurs anglais de Malaisie font venir leurs *coolies* de l'Inde ou de Chine; les planteurs hollandais de Sumatra emploient des Javanais; les Américains, des Japonais et, sans même chercher d'aussi lointaines comparaisons, de nombreux ouvriers européens : Polonais, Italiens, Espagnols ou Tchécoslovaques émigrent chaque année après avoir contracté des engagements avec des employeurs étrangers.

Le sort d'un émigrant à quelque race qu'il appartienne n'est certainement point enviable et mon intention n'est pas de vous peindre avec des couleurs séduisantes la vie d'un homme — de peau jaune, de peau noire ou de peau blanche — que l'absolu dénûment pousse à quitter son village natal pour pouvoir manger à sa fain et nourir les siens.

Mais le coolie tonkinois, lui, au moins, ne change pas de climat; il a en Cochinchine la même nouriture que chez lui. Elle est même certainement meilleure.

Acceptée ou nom, la vérité reste, d'ailleurs, la vérité : la lutte pour la vie déjà si âpre en Occident devient en Extrême-Orient, dans certaines régions surpeuplées comme l'Inde, la Chine ou le Tonkin, une véritable « lutte contre la mort ». Jusqu'à ce que la manne tombe du ciel, l'homme devra travailler pour vivre, et s'exiler pour chercher du travail s'il n'en trouve point dans son village.

Il serait plus équitable, puisque l'enchaînement de la réfutation m'entraîne un instant sur un terrain de philosophie sociale, de reconnaître en passant, le rôle bienfaisant qu'ont joué à cet égard la plupart des grandes sociétés coloniales en Extrême-Orient, sauvant d'une mort inévitable des centaines de milliers d'individus que la famine ou la peste guettaient pendant une année de disette, soit aux environs de Madras, soit sur les bords de la Rivière Noire ou du canal des Bambous.

Alors que le gouvernement de l'U.R.S.S.

assistait, impuissant, en 1921 aux terribles hécatombes qui jonchaient les campagnes russes, de cadavres figés dans les derniers soubresauts de la faim.

*
* *

Mais revenons à ce qui nous intéresse au premier chef, c'est-à-dire aux opérations de recrutement. Examinons un peu sous quelle forme s'établit cette terrible domination des puissances d'argent sur les coolies indigènes importés du Centre-Annam ou du Tonkin.

Tout d'abord, un sérieux obstacle à l'arbitraire, une véritable barrière qui s'oppose à la « ruée des appétits capitalistes » dont nos coloniaux de la *Bellevilloise* dénoncent le féroce emportement.

Cette barrière, c'est l'arrêté du 11 novembre 1918, réglementant la main-d'œuvre agricole indigène, signé Albert Sarraut.

Nous aurions l'occasion d'en commenter les articles au cours de cette enquête.

L'agent de recrutement envoyé par le planteur arrive dans la région qui peut fournir les travailleurs, région qu'il parcourt de village en village en prenant contact avec les notables et les coolies.

Je ne crois pas qu'il soit nécessaire d'insister sur la catégorie d'individus susceptibles d'être immédiatement embauchés. Ils ne constituent pas l'élite de la population. Ce sont en général des déclassés, des sans-travail, des sous-alimentés dont l'état physique exige un immédiat réconfort.

Rendez-vous est donné quelques jours plus tard au chef-lieu où, en présence d'un délégué de l'Administration, du maire de la commune, de l'agent-recruteur et de l'intéressé, un contrat est établi sur le vu d'une pièce d'identité en usage dans le pays. Nous voyons donc apparaître le contrôle de l'Administration dès la première formalité d'engagement, c'est-à-dire à la signature du contrat. Alors intervient le médecin. Conseil de révision. Une visite médicale sérieuse est passée par le médecin français du chef-lieu.

Deux autres contre-visites auront lieu plus tard à Haiphong, port d'embarquement; d'où, l'obligation d'une « quarantaine » de huit jours avant le départ.

Ces frais de recrutement et de passage sont naturellement supportés par la société qui engage. Et bien que les planteurs n'aient jamais protesté contre les dépenses qu'ils jugeaient utiles à la santé de leur personnel, il faut convenir que l'Administration a toujours eu tendance à compliquer des prescriptions dont l'efficacité pouvait être obtenue plus rapidement et à moins de frais.

A propos, jetons donc un coup d'œil sur la note de frais. Bien qu'en principe, elle n'intéresse pas les détracteurs de l'effort colonial, cette petite facture individuelle a son éloquence. Elle indique avec des chiffres précis, le montant des sommes dépensées par le planteur pour un coolie qui est encore au Tonkin et n'a point fait de travail effectif.

En 1924, les frais de recrutement s'élevaient à 16 piastres ; les frais de passage, à

10 piastres; et 10 autres piastres étaient versées au coolie à titre d'avance remboursable.

En 1926, majoration importante : les frais de recrutement et de passage s'élèvent à 35 piastres, auxquelles il faut ajouter les 10 piastres d'avance et une indemnité d'équipement de 2 p. 50 pour les hommes et de 3 p. 60 pour les femmes.

Traduisons en francs. L'entretien d'un *coolie* tonkinois depuis son départ jusqu'à son arrivée en Cochinchine revient donc à 712 fr. 50 (1) pour un homme, et à 729 francs pour une femme avant que la première heure de travail ait été effectuée.

Nous multiplierons, si vous le voulez bien, ce chiffre par 10.000, puisqu'une grande plantation de 10.000 hectares emploie 10.000 coolies, et nous constaterons que plus de 7 millions de francs auront été ainsi dépensés par une grande plantation pour *donner du travail à ceux qui n'en avaient pas.*

(1) La piastre calculée à 15 francs,

Si la littérature peut émouvoir, Monsieur Cachin, il n'est encore, croyez-moi, que les chiffres pour persuader.

*
* *

Et pour finir aujourd'hui en citant des textes, parcourons au hasard l'arrêté Sarraut du 11 novembre 1918.

Nous y verrons que la législation du travail établie d'accord avec les planteurs, n'emprunte en rien son esprit au règlement d'une administration pénitentiaire.

Art. 8. — L'âge minimum auquel les travailleurs peuvent être recrutés par contrat est fixé à 18 ans.

Art. 9. — La durée maximum du contrat ne pourra excéder trois ans avec faculté indéfinie de réengagement dans les mêmes conditions de durée.

Art. 11 (§ II). — Tout engagé a droit gratuitement pour lui et sa famille à un logement salubre, aux soins médicaux et aux médicaments.

Art. 13. — Le nombre des repas ne pourra être inférieur à trois par jour.

Art. 14. — Tout engagé aura droit au rapatriement, qui au cours de son engagement, sera reconnu après visite médicale, incapable d'exécuter son contrat. Il devra être rapatrié ainsi que sa famille aux frais de l'employeur.

Art. 17. — Les femmes engagées ne pourront être employées à des travaux au-dessus de leurs forces. Elles auront un mois de repos payé après accouchement.

Art. 19. — La durée de la journée de l'engagé ne pourra excéder dix heures de travail. Elle sera obligatoirement coupée par une méridienne de deux heures.

Etc... Etc...

*
* *

Eh oui, Messieurs les communistes, la journée de huit heures ! Je ne puis décidément pas trouver à ce chapitre une meilleure conclusion.

VI

Le logement du Coolie.

> Les Indigènes mettent en parallèle le passé et le présent et ce parallèle n'est nullement favorable à l'impérialisme français...
> (Chambre des Députés, Séance du 18 mars 1927).

Nous protesterons point par point, article par article.

Mais qu'il nous soit permis au cours de cette réfutation méthodique de déplorer l'inconcevable effet d'une tirade creuse de politicien, sur une assemblée prompte à s'émouvoir, dès qu'on prononce devant elle les mots « d'impérialisme français aux colonies » alors que les colonies voisines, possessions hollandaises ou britanniques, nous reprochent au contraire d'adopter envers l'indigène une attitude qualifiée démagogique, parce qu'il y entre cette sentimentalité française que les étrangers considèrent comme une preuve de faiblesse.

Quiconque a vu les Tamils sur les plantations anglaises de Malaisie, les Javanais sur les grandes plantations américaines ou hollandaises de Sumatra, peut comparer le régime sous lequel vivent nos Tonkinois sur les plantations de Cochinchine. La comparaison sera toute à l'honneur de nos planteurs français.

Ici encore, nous apportons des preuves.

*
* *

Une équipe de trois cents travailleurs contractuels arrive du Tonkin. Le premier soin du planteur est de loger sa main-d'œuvre convenablement. Il a donc prévu des locaux et des installations. Quels locaux? Quelles installations?

Les esprits chagrins enclins *a priori* à la critique, haussent déjà les épaules. Je crois les entendre, je les entends.

Parbleu, il faut bien parquer ce troupeau quelque part! Edifier pour ce bétail humain quelques baraques indispensables! On n'ira jamais contrôler dans la brousse comment vivent ces gens là!

Première erreur.

A peine le coolie a-t-il quitté le débarcadère, que le contrôle de l'Administration s'exerce sur lui, pour lui. Un planteur serait-il défaillant, peu scrupuleux ou ignorant de ses devoirs stricts envers sa main-d'œuvre, que cette main-d'œuvre dont le voyage — nous venons de le voir — a déjà coûté presque huit cents francs par tête, ne serait pas autorisée à travailler sur la plantation.

L'article 2 de l'arrêté du 11 novembre 1918 prescrit en effet que *les locaux et installations diverses destinés au logement des engagés ne peuvent être édifiés et mis en service qu'après autorisation écrite donnée par l'Administration tant au point de vue du choix de leur emplacement, que de leur construction et aménagement.*

Aussi le premier soin d'un planteur

lorsqu'on visite son exploitation — et je l'ai remarqué au cours de mon enquête où j'eus l'occasion de voir une centaine de domaines différents — est-il de montrer ses villages indigènes et ses *trays*, puisque l'on appelle ainsi les habitations collectives de *coolies*.

Avant toute autre opération, le planteur sait que sur sa plantation nouvellement défrichée, la construction des villages ou des campements s'impose. Question vitale où se conjuguent heureusement des principes essentiels d'humanité et d'intérêt bien compris. Mais il y a plus que la docile observance d'un décret administratif, il y a cet esprit d'émulation — qualité française — qui pousse l'un à faire mieux que l'autre, et dont les résultats en Cochinchine ont abouti à l'érection de villages modèles adoptés comme types par le Gouvernement de la colonie.

Comment ne pas s'indigner alors des tableaux volontairement haineux, qui ont été présentés le mois dernier à la tribune? Je sais bien qu'il s'agissait des charbonnages

LE CHEPTEL BOVIN NÉCESSAIRE AU RAVITAILLEMENT EN VIANDE FRAICHE.

PLANTATION DE LOC-NINH — UNE COOPÉRATIVE D'ALIMENTATION.

de Hongay. Or je n'ai pas vu les charbonnages de Hongay. Mais encore qu'il soit facile de pousser au noir la description du travail dans une mine de charbon, je ne veux pas ici critiquer ce que je n'ai pu contrôler. Je veux simplement attirer l'attention de tous les hommes qui réfléchissent, sur l'esprit même qui poussait l'interpellateur à évoquer, en les avivant de commentaires, des images aussi funestes au bon moral de la main-d'œuvre indigène.

*
* *

Mais en Cochinchine et sur la question des plantations, j'ai droit à la parole. Bien plus, j'ai le devoir de dire ce que j'ai constaté. Voici :

Des hommes viennent du fond de la brousse tonkinoise. Ils n'avaient pas les moyens de subvenir individuellement à leur existence. Quittant leur misérable paillote infestée de moustiques et grouillante de vermine, ils ont résolu de travailler au loin pendant trois, six ou dix ans pour ramener au pays le fruit de leurs économies.

On les reçoit. On a intérêt à ce qu'ils se portent bien pour qu'ils travaillent bien. Or les deux facteurs de la santé dans les pays au climat excessif, ce sont : le logement et la nourriture.

Visitons donc le logement.

On a tout imaginé, tout essayé, tout éprouvé pour réaliser la formule d'une habitation saine et rationnelle. Sur certaines plantations le système des villages a été considéré comme le meilleur. Des cases individuelles groupées à proximité des points d'eau, ont reconstitué le hameau natal avec le pagodon ; la boutique, le marché et l'infirmerie. Chaque case ayant un jardin permettant la culture vivrière.

Ailleurs on a préféré le système anglais des *coolies-lines*, c'est-à-dire les baraquements collectifs permettant l'application d'une discipline sanitaire qui s'exerce mal dans les cases séparées.

De petites cités se sont édifiées à l'ombre

des hévéas. Leur emplacement a fait l'objet d'un choix attentif de la part du médecin et de l'ingénieur. On a tenu compte de toutes les données relatives à l'étiologie du paludisme, de la dysenterie, de la trypanosomiase et des autres endémies tropicales.

Les anciens *trays* considérés comme insuffisants ont été détruits et remplacés par des baraquements construits sur une aire cimentée, avec double cloison de bois et toiture de tôle ondulée surmontée d'un lanterneau permettant une aération convenable.

L'inspecteur du travail, parcourant la région et à même de voir les différentes installations adoptées par chaque planteur, n'a pas hésité à préconiser telle ou telle amélioration observée chez l'un ou chez l'autre, au cours de ses visites. C'est ainsi que peu à peu et en quelques années, des baraquements-types ont été acceptés par l'Administration et imposés par elle.

Citons les passages relatifs au logement de la main-d'œuvre indigène, dans les procès-verbaux établis annuellement sur chaque plantation par le service de l'inspection du travail :

La description des trois campements existant antérieurement a été faite dans de précédents procès-verbaux. Il a été noté qu'ils étaient bien situés, aérés et tenus propres. (Procès-verbal du 17 décembre 1925, Inspection de Giadinh).

La main-d'œuvre est logée dans 9 anciens trays en voie d'amélioration, et dans 7 nouveaux trays répartis sur les trois divisions. B. C. D. de la plantation. Ces nouveaux trays pourront être cités comme des modèles d'installations de l'espèce quand ils auront été améliorés suivant quelques indications de détail données par M. le Directeur local de la santé. Ils sont édifiés sur des terrains élevés et très dégagés, en charpentes et planches, avec couverture en tôle ondulée et lanterneaux assurant une large aération ; les aires sont cimentées. Chaque bâtiment est pourvu de cuisines et latrines suffisamment éloignées les unes des autres. L'eau est fournie par pompage et provient d'un cours d'eau voisin. (Procès-verbal fait à Giadinh, le 12 décembre 1925.)

Ces rapports datent, on le voit de 1925. Mais depuis 1925 de nouvelles améliorations de détail, prouvent que la question du logement n'a pas été négligée. Des fours crématoires sont construits à proximité de chaque groupement d'habitations pour incinérer les ordures ménagères. Ces ordures sont régulièrement et fréquemment brûlées, des caniveaux cimentés entourent chaque bâtiment et facilitent l'écoulement des eaux, les bords des ruisseaux situés dans le voisinage des *trays* sont faucardés et régularisés pour éviter le pullulement des moustiques.

Une Société engage en 1926, pour la seule construction des maisons de coolies, une dépense de 109.300 piastres, soit environ 1.400.000 francs, une autre plantation ouvre un chapitre spécial dans son budget pour la célébration des fêtes indigènes, notamment celle du Têt qui a lieu en janvier. On organise des troupes d'acteurs et l'on rétribue des orchestres à cette occasion. La plantation voisine fait ériger à ses frais une pagode.

Elle dépense pendant les trois dernières années 6.633 piastres soit près de cent mille francs pour la distraction de ses coolies (1).

*
* *

On m'excusera de m'être attardé aujourd'hui sur des chiffres que je puise aux bonnes sources. Mais il n'est pas sans eux d'arguments précis.

Notre coolie est installé. Nous verrons bientôt les mesures qu'on prend pour le maintenir en bonne santé, pour « l'améliorer », et nous nous apercevrons alors, malgré ce qu'en pense M. Cachin que la colo-

(1) Ces chiffres ne sont point tirés de mon imagination, mais de documents que je tiens à la disposition de mes contradicteurs. Or les plantations de caoutchouc sont apparues en Cochinchine vers 1906. Il a fallu vingt ans pour que la question du logement de la main-d'œuvre soit mise au point. Le mérite en revient aux grandes plantations.

Si l'on songe qu'un *tray* moderne comme ceux dont il est fait mention plus haut, revient à 40 ou 50 piastres par tête, et que certaines sociétés emploient plus de dix mille coolies, on conviendra qu'il fallait laisser à tel directeur de plantation, le temps de s'organiser, avant de construire pour 15 millions de baraquements.

nisation a un autre sens, une autre signification que celle de faire monter les valeurs en Bourse.

Il n'est pas de cote en effet qui puisse évaluer l'effort des nombreux colons français envers les milliers d'indigènes qu'ils ont à cœur de sauver de la misère et de la déchéance.

VII

La santé des Coolies

Les coolies sont arrivés sur la plantation. Ils sont logés et nous avons vu avec quelle autorité l'Administration veillait à ce que fut observé le règlement à l'égard des locaux d'habitation.

Les coolies sont prêts maintenant à se mettre au travail. Travail dur. Il faut en convenir. Les premiers défrichements, effectués par les Moïs ont laissé le sol nu. Il faut dessoucher, brûler les bois abattus, extirper les herbes vivaces, brûler encore tout cela sous un soleil de plomb et sur une terre rouge aux lourdes exhalaisons, terre qui vient d'être conquise sur la forêt, humus nourri de végétaux décomposés.

Vient ensuite le piquetage nécessaire au bon alignement des jeunes hévéas, puis le trouage, enfin la plantation des *stumps* (1).

Une constatation s'impose, immédiate. Je l'ai faite ; tous ceux qui ont visité des plantations en terres rouges l'ont faite comme moi.

Si le chef de l'entreprise, par coupable négligence, ne prend pas envers ses travailleurs indigènes les plus strictes mesures d'hygiène ou de préservation, sa main-d'œuvre est décimée au cours du premier mois.

Ici encore — on n'insistera jamais trop sur ce point — question d'humanité et d'intérêt se confondent. Ici encore, le rôle des grandes sociétés s'est révélé d'une efficacité bienfaisante grâce aux dépenses faites largement pour lutter contre le paludisme, le béribéri, la tuberculose, qui de tout temps, bien avant

(1) Boutures.

l'occupation française, bien avant l'ouverture des premières plantations ont été les principaux facteurs de mortalité dans les régions tropicales.

Mais laissons la parole à l'Inspecteur du travail de la province de Bienhoa dans son procès-verbal du 24 novembre 1922.

ETAT SANITAIRE : *L'état sanitaire du personnel est surveillé par les médecins de l'Institut Pasteur de Saïgon. Cette établissement scientifique a fait dans celte plantation des expériences sur le paludisme et les moyens de le combattre.*

Installée en terres rouges, en pleine végétation forestière dans un terrain mamelonné où des suois (1) *rendent les bas fonds marécageux, la plantation paraissait être le terrain d'élection des maladies endémiques de la région. Avec un souci de sauvegarder la santé de ses ouvriers, qu'on ne saurait trop louer, la société a exécuté tous les travaux d'assainissement nécessaires, d'importants débroussaillements ont été faits autour des groupes d'habitation et des cours d'eau, l'écoulement des eaux a été partout assuré, les petits suois ont été nettoyés, leur lit a été modifié, des puits abandonnés ont comblés etc. etc..... Tout le personnel est soumis à un traitement préventif de quinine. Cet effort a eu pour*

(1) Cours d'eau.

résultat d'assurer à la plantation un état sanitaire général tout à fait satisfaisant.

Les malades reçoivent des soins dans une infirmerie construite en briques, planches. et bois, et couverte en tuiles. Cette infirmerie est installée dans un emplacement bien choisi, isolée, entourée d'une palissade, pourvue d'une cuisine, d'une salle de bain, et de latrines. Cette organisation sanitaire est complétée par une maternité aménagée dans un bâtiment voisin.

La pharmacie est approvisionnée de tous les médicaments usuels et notamment de quinine dont le personnel consomme environ sept kilogrammes par mois. Quand il y a lieu, des achats sont faits chez les pharmaciens de Saïgon. Les maladies courantes sont le paludisme et ses dérivés. Les cas de choléra, de dysenterie, de béribéri sont rares. Les maladies graves sont envoyés à l'hôpital de Cholon.

L'Administrateur chargé de l'Inspection du travail,

Signé : BALANCIE.

*
* *

Voici donc l'Administration — et nous savons par expérience combien elle est souvent tatillonne, tracassière et pointilleuse — qui apporte ici un témoignage complet de satisfaction. Une circulaire ministérielle a d'ailleurs, en juillet 1924, réglementé les mesures de protection sanitaire à appliquer sur tous les chantiers publics et privés de travailleurs indigènes dans nos colonies.

Un service médical est prévu. Il doit être, et il est assuré sur chaque plantation par un médecin indigène (groupe de mille travailleurs et au-dessous) que contrôle un médecin français par groupe de trois mille hommes.

Chaque planteur est obligé d'avoir sur sa plantation une infirmerie-ambulance avec locaux d'isolement. La proportion des lits doit y être de cinq pour cent de l'effectif. Pas un chantier sur lequel ne se trouve un poste de secours confié à un infirmier.

N'oublions pas qu'au départ de son pays d'origine, le coolie tonkinois a été soumis :

1° A une première visite médicale, dite « visite de mise en route » permettant de constater qu'il est sain, robuste, ni trop jeune, ni trop vieux et apte au travail à fournir.

2° Qu'il a reçu obligatoirement les vaccinations préventives.

3° Que pendant la quarantaine précédant l'embarquement, il a été soumis à la visite d'embauchage et aux mesures de désinfection.

4° Qu'il a été surveillé pendant la traversée par le médecin sanitaire maritime ou à son défaut par un médecin indigène.

5° Qu'il passe, aussitôt débarqué, une quatrième visite à la suite de laquelle tous les malades et suspects sont hospitalisés d'office aux frais du planteur.

Cette énumération ferait presque sourire si l'excessive prudence du Service de l'Immigration n'était pas justifiée par la rapidité avec laquelle se déclarent les épidémies dans les groupes de travailleurs ignorants jusqu'alors les élémentaires principes de l'hygiène.

Par conséquent, pas de malades à l'arrivée sur la plantation. Il importe donc au planteur de conserver sa main-d'œuvre en bon état.

Rendons lui cet hommage, qu'il a compris immédiatement, et avant même que des règlements administratifs le lui aient ordonné, la nécessité d'une politique sanitaire rigoureuse et suivie.

Politique qui ne comporte ni demi-mesures, ni économies. Laissons encore parler les chiffres :

Une plantation employant 3.300 coolies dépense en 1926 au titre « frais médicaux » la somme de 31.928 piastres, soit environ 465.000 francs, ce qui représente par tête et par an 140 francs de soins payés. Une autre plantation, la même année, et pour un effectif de 3.627 coolies dépense 29.014 piastres, soit 435.000 francs sans préjudice des achats de produits pharmaceutiques en France qui s'élèvent, de 1924 à 1927 (janvier), à la somme de 114.563 francs (quinine et produits divers plus frais de transport et frêt).

Une troisième plantation dont l'effectif de 683 hommes au 31 janvier 1927 passe à 1.867 hommes au 31 décembre de la même année, fait venir en France pour 140.960 fr. de médicaments divers, non compris les achats importants effectués sur place à Saïgon.

Une quatrième plantation, très importante celle-là, fait construire actuellement un hôpital de 260 lits comprenant 3 bâtiments pour hommes, un bâtiment pour femmes, un service d'isolés et un service de contagieux. Cet hôpital est doté d'une salle d'opérations, d'une pharmacie avec laboratoire, de douches, lingerie, etc. etc.....

Il couvre une superficie de 11.400 mètres carrés et reviendra à près de 90.000 piastres, soit 1 million 350.000 francs.

Cependant qu'une plantation voisine dont l'effectif est à peu près de 650 hommes dépense pour la santé de sa main-d'œuvre en 1926 la somme de 11.207 piastres, soit près de 170.000 francs, ce qui porte la dépense annuelle par coolie à 258 francs, chiffre record.

Les résultats obtenus?

Ils peuvent se définir ainsi :

Si durant la période d'adaptation et dans les régions particulières malsaines, on constate quelques cas de mortalité dont le nombre dépasse la moyenne normale, on

UNE INFIRMERIE DE PLANTATION.

remarque en revanche que les coolies au fur et à mesure de leur adaptation et des effets qu'ont sur eux la bonne nourriture et l'hygiène, se portent beaucoup mieux qu'à l'époque de leur arrivée. La mortalité sur la plantation peut alors être comparée à celle des villes les mieux organisées dans la région au point de vue prophylactique.

Ces conclusions ont été déposées au cours d'une séance de l'Académie des Sciences coloniales par le Docteur Calmette, directeur de l'Institut Pasteur.

Certains planteurs ont, de plus, avec le concours de l'Institut Pasteur de Saïgon, cherché à combattre efficacement le paludisme. Une importante plantation de la colonie poursuit même depuis plusieurs années, des essais du plus haut intérêt sur les bases classiques : destruction des moustiques, quinine préventive et hygiène générale. Ses résultats obtenus sur la santé des ouvriers dépassent toutes les espérances (1).

(1) Je n'ai pas à citer ici le nom de ces plantations, mais

Enfin, ce témoignage est particulièrement flatteur puisqu'il émane d'un étranger, un délégué de la Société des Nations en 1921 pour l'inspection des établissements sanitaires en Extrême-Orient, le docteur Norman White au cours d'une inspection en Cochinchine, a déclaré qu'il était particulièrement surpris par le nombre d'enfants sains vivant sur les plantations.

Déclaration qui a sa valeur si l'on songe que le paludisme a une conséquence désastreuse sur les naissances, et provoque un grand nombre d'avortements.

Nous pourrions accumuler ainsi les preuves d'un effort entrepris à la fois par l'Administration, les entreprises privées et les particuliers ; effort soutenu qu'on aurait pu évoquer à la tribune, le 18 mars dernier, en l'inscrivant à l'actif de notre politique indigène en Indo-Chine.

Mais sur ce sujet, comme sur tous les autres, rien n'a été dit. Ce qu'il importait,

il est facile de contrôler ce que j'avance par les procès-verbaux de l'inspection du travail.

c'était de démolir un effort, de paralyser les bonnes volontés, de décourager les initiatives, d'exciter contre nous la main-d'œuvre indigène.

Triste programme! Triste besogne!

VIII

Le salaire des coolies

> Cependant, pour qu'il ne meurent pas de faim, et par pure philanthropie, on leur verse, s'ils ont bien travaillé, une piastre tous les dix jours. C'est ce qu'on appelle ici faire une avance.
>
> (Chambre des Députés. Séance du 18 mars 1927).

Il est facile, pour, un orateur connaissant son public, d'obtenir à la tribune un « effet », en abordant la question des salaires payés à la main d'œuvre indigène. En Indo-Chine, particulièrement, où l'unité monétaire est la piastre fractionnée en 100 « cents » ou « sous », les confusions les plus grossières sont les plus fréquentes.

Un coolie tonkinois gagne sur une plantation de caoutchouc un salaire minimum de

40 sous par jour. Cela ne veut pas dire qu'on lui paye sa journée 2 francs ou qu'il travaille pour 60 francs par mois. Le taux de la piastre s'établissant autour de 15 francs, il serait plus loyal, puisque l'on fait intervenir des chiffres comme arguments, de faire la parité en multipliant par trois le sou-argent de Saïgon ou de Hanoï pour le convertir au taux-papier de notre sou français.

Le plus humble coolie, le saigneur d'hévéa, gagne donc un salaire journalier de 6 francs ou des appointements de 180 francs par mois. Il est, de plus, logé et un grand nombre de plantations le nourrissent en lui donnant une ration quotidienne de riz.

Cent quatre-vingt francs par mois, logé, nourri, voilà donc le salaire de base. Présenté sous cette forme, il est déjà moins dramatique que les quinze sous par jour cités par Monsieur Cachin au cours de sa lecture d'un chapitre de la « Route Mandarine ».

Ce qu'importait en effet au parti communiste, en apportant ces douteuses précisions à la tribune, n'était pas tant d'être cru sur parole que d'envelopper dans une même réprobation indignée toutes nos affaires coloniales qui, par définition, sont pour les agitateurs rouges, des forceries humaines ou des camps d'esclaves.

*
* *

Examinons un peu la situation faite à ces esclaves.

Ils ont signé un contrat, librement. Ils acceptent de travailler pour 40 *cents* par jour, salaire supérieur d'un tiers aux plus hauts salaires qu'ils peuvent recevoir dans leur pays d'origine. Nul ne les a contraints. Ils quittent pour la plupart bien volontiers une région où ils se trouvaient entièrement sous la domination du Chinois et du mandarin. L'usurier Chinois est toujours sur place, en période de mauvaise récolte. Il prête à dix pour cent. *Mais à dix pour cent par mois.* Et lorsque la victime parvient à sortir de ses griffes, elle ne peut échapper au mandarin qui la dépouille en lui laissant bien juste de quoi ne pas mourir de faim.

Il serait curieux de feuilleter la législation du travail dans le code annamite et d'y découvrir les articles qui protègent le travailleur. Hélas ! Il ne s'en trouve aucun.

Lisons par contre la réglementation du 11 novembre 1918 sur la main d'œuvre indigène :

Les contrats d'engagement seront établis en triple expédition, écrits en français et dans la langue du pays de l'engagé.

Le recrutement n'est donc pas un racolage. La situation de l'employeur et de l'engagé est clairement définie. Chacun prend ses responsabilités.

Qu'est-il stipulé dans ce contrat d'engagement ?

Il est stipulé entre autre articles :

1° *Le lieu d'exécution et la durée du contrat.*

2° *Le nombre de jours de repos avec indica-*

tion de ceux qui donnent ou ne donnent pas droit au salaire. (1)

3° *Le nombre des heures de travail par journée, ainsi que la substitution éventuelle de la tâche à la journée.*

4° *Le mode de détermination et le paiement des salaires.*

5° *Le montant des avances faites, s'il y a lieu, et leur mode de remboursement. Etc, etc...*

Je ne veux pas continuer cette énumération. Cet article serait la reproduction d'une littérature officielle que mes lecteurs pourraient juger fastidieuse. J'ajouterai néanmoins que toute infraction au contrat, qu'elle provienne du fait de l'employeur ou de l'engagé, est punissable et que le refus de transmettre à l'Administration une plainte déposée par le coolie, expose le planteur à une forte amende et à l'annulation du contrat.

(1) Bien que d'après le contrat, deux jours seulement doivent être donnés aux coolies, certaines plantations donnent 4 jours 1/2 de congé par mois : les lendemains de paie et les après-midi du dimanche.

*
* *

Abordant maintenant le point le plus délicat de la réglementation sur la main d'œuvre indigène : celui de la dépendance temporaire du coolie de plantation vis-à-vis du planteur.

Pour un Européen qui n'a jamais été aux colonies, cette présence obligatoire du travailleur à proximité de son chantier, cette aliénation temporaire de la liberté individuelle peuvent rappeler les dures conditions du servage au Moyen-Age et paraître rigoureuses.

Pour un communiste, cette présence obligatoire est une exploitation odieuse de l'individu asservi politiquement, économiquement, socialement et personnellement.

Pour un planteur, cette présence obligatoire est une inéluctable nécessité. Toute exploitation agricole massive, mobilisant des contingents énormes de travailleurs, ne peut obtenir de résultats positifs sans avoir une main d'œuvre stable, régulière et disciplinée.

Sinon, elle ne dépenserait pas des millions pour recruter, équiper et faire venir sur place des coolies Tonkinois, en s'engageant par contrat à les conserver pendant un, deux ou trois ans, en dépit des surprises que peut réserver l'avenir.

S'il faut plus de six mois pour dresser un bon cavalier, il faut plus de six jours pour faire un bon saigneur d'hévéa. Chaque apprentissage représente plusieurs semaines de travail maladroit, d'écorce gaspillée, de blessures d'arbres, lentes à guérir. La plupart des plantations ont donc de véritables écoles de saignée où l'apprenti se fait « la main ».

Dans ces conditions, toute main d'œuvre mouvante, toute allée et venue du personnel, toute embauche à la journée sont incompatibles avec le caractère même de l'entreprise.

D'où, contrat.

Ce contrat d'engagement, l'indigène l'a lu ou se l'est fait lire ; il l'a accepté, il l'a signé en y apposant, conformément au règlement, l'empreinte du pouce droit, valant signature authentiquée. Il a reconnu ainsi envers le planteur, qui a payé les frais de son recrutement et de son voyage, une sorte de dette dont il ne peut s'acquitter que par son travail, puisqu'il ne possède rien.

Tout abandon de travail est donc une rupture de contrat. C'est un délit et le droit de grève du coolie sur une plantation est inadmissible.

Mais après avoir posé catégoriquement ce postulat, il faut ajouter que le coolie n'a jamais songé, de lui même, à faire grève et qu'il s'accommode fort bien de son sort lorsque les clauses de l'engagement se trouvent respectées.

Où trouverait-il en effet sur tout le territoire indo-chinois un salaire supérieur à celui qu'il touche ? Quel patron indigène lui distribuerait gratuitement sa ration de riz et bien souvent les légumes verts dont la plantation, par suite de l'extension des cultures vivrières, est disposée à le gratifier ?

Si la plantation n'avait pas fait venir des troupeaux de bétail sur les pâturages du domaine, comment le coolie pourrait-il se procurer la viande fraîche qu'il consomme tous les jours, viande qu'il est interdit de vendre avec bénéfice aux travailleurs, comme tous les autres produits ou denrées vendus sur la plantation ?

L'indigène n'ignore pas ces avantages. Il ne demande qu'à vivre tranquille et ne réclame rien. La preuve en est dans le fait que *depuis vingt-cinq ans* que l'on plante du caoutchouc en Cochinchine, pas une mutinerie ne s'est allumée dans les plantations, pas une menace n'est sortie de la bouche d'un indigène.

Mais il est une autre preuve, et celle-ci, péremptoire : *le nombre des réengagements*.

En 1926, une plantation employant 3.364 coolies et sur un nombre de 1.191 coolies dont le contrat expirait au cours de l'année :

323 hommes ont demandé leur rapatriement et 868 hommes ont renouvelé leur contrat.

(535 pour une durée de deux ans et 333 pour une durée d'un an).

*
* *

En dépit des agitateurs qui cherchent à s'embaucher dans les plantations pour inciter les travailleurs à la désertion, faire naître les troubles, semer les ferments de révolte, l'immense majorité de la main d'œuvre indigène reste donc calme.

Ces agitateurs, j'en ai eu les preuves en Indo-Chine et à Java comprennent qu'il est difficile de faire adopter par une population paisible, saine, bien logée et bien nourrie, tout un programme confus de revendications politiques et sociales. Ils s'efforcent donc de l'amorcer par l'appât de plus hauts salaires.

Or, sur ce point, il convient d'être également très précis. Le coût de la main d'œuvre intervient pour 75 o/o dans les dépenses d'exploitation d'un grand domaine. Une augmentation d'ailleurs injustifiée puisque les salaires accordées en Cochinchine sont supérieurs d'un tiers aux salaires accordés dans le pays d'origine, risquerait, aussi minime fut-elle, de bouleverser toute une organisation dont l'économie a été minutieusement réglementée.

Si l'on songe qu'une augmentation de 10 *cents* par journée de travail, entraîne pour une Société concessionnaire de 10.000 hectares une dépense suplémentaire de 1.000 piastres par jour, soit 365.000 piastre par an (environ 5 millions 475.000 frs) on comprendra qu'il est difficile aux planteurs de consentir bénévolement à jeter l'argent par plaisir.

Je dis bien : « Jeter l'argent par plaisir » car le coolie lui-même ne profitera pas toujours de cette augmentation. Il la laissera dans les mains des bandes qui s'introduisent sur les plantations aux lendemains de paie, pour rafler par le jeu tout le superflu et même le nécessaire du travailleur.

Pratiques déplorables, mais pratiques ancestrales qu'on ne peut faire disparaître.

Encore ne doit-on pas demander aux

Sociétés de les encourager en en payant les frais (1).

(1) Il est bien entendu que le taux des salaires cité dans ce chapitre, sont des salaires de début pour des travailleurs non formés. De nuisibles améliorations y sont apportées spontanément en cours de contrat par les Planteurs, soit par des augmentations de salaires, soit au moyen de travaux à forfait qui sont d'ailleurs prévus à l'engagement.

Certains coolies qui ont débuté à 40 *cents* sont arrivés à entrer dans les cadres de plantations et à obtenir des appointements mensuels variant entre 30 et 200 piastres. Les ouvriers spécialistes reçoivent généralement sur les plantations des salaires nettement plus élevés que ceux qui sont payés partout ailleurs dans le pays.

UN TYPE DE POTAGER ANNEXÉ EN LISIÈRE DE PLANTATION, POUR LE RAVITAILLEMENT DES COOLIES EN LÉGUMES FRAIS.

IX

La majorité des Français, par un tour d'esprit bien particulier, ne s'était guère intéressée jusqu'à ces dernières années aux affaires coloniales. De fait, la réputation s'acquiert bien plus vite sur les planches d'un théâtre ou sur l'écran d'une salle de cinéma que dans la jungle tropicale.

De plus, les vrais créateurs ne font guère parler d'eux. Ils travaillent. Ils ne consentent à dévoiler l'œuvre accomplie que pour la défendre quand elle est injustement attaquée. Par des chiffres, des rapports et des statistiques, il rectifient les inexactitudes, déjouent les manœuvres tendancieuses et confondent leurs accusateurs.

Il n'est rien de plus éloquent encore que la nue réalité des faits. Cette réalité de notre effort sur les plantations indo-chinoises se traduit aujourd'hui par les chiffres suivants :

167.000 hectares exploités en 1926.

180.000 hectares si l'on comprend les extensions de 1927.

A raison d'un coolie par hectare payé 40 *cents* par jour, les sociétés caoutchoutières versent donc quotidiennement 72.000 piastres de salaires, soit plus de *trois cent quarante millions de francs* chaque année. Un groupe de sociétés a payé, à lui seul, en 1927, plus de 26 millions à ses 12.500 coolies.

Voilà ce qu'on a fait en vingt ans.

*
* *

Cet effort gigantesque est-il l'œuvre de la colonie? Non.

Il est l'œuvre de quelques hommes, animateurs puissants, réalisateurs avisés. Ces hommes ont su grouper des collaborateurs choisis, atteindre l'élite du public, rassembler d'énormes capitaux et agir sans hésitation. Ayant compris la grandeur de leur conception, ils ont su la défendre. Contre quoi? Contre tout.

Ils ont voulu développer au maximum un outillage économique qui, fonctionnant un jour au profit de la masse des hommes sera un puissant instrument de bien-être et de civilisation.

Ces vrais philanthropes pour lesquels l'argent n'est pas une fin, mais un moyen, sont à peu près les seuls capables d'embrasser l'ensemble des conditions de la vie nationale. Leur rêve de grandeur est impersonnel mais l'idéalisme même de leurs ambitions les contraint à une politique réaliste de résultats immédiats.

Pour atteindre à ces résultats (nous venons d'en traduire à l'instant quelques-uns en superficies exploitées et en salaires distribués) tout, je le répète, leur a fait obstacle. Ils ont tout surmonté.

Difficultés naturelles. — Forêt vierge à défricher, climat malsain, pays neuf sans voie de communication, culture lente, superficies énormes.

Difficultés de main-d'œuvre. — Nécessité du recrutement de travailleurs au Tonkin. Installation de cette main-d'œuvre, sa protection contre les maladies, son entretien, sa discipline.

Difficultés administratives. — Lenteur des formalités concernant l'octroi des concessions, réglementation de plus en plus étroite, souvent injustifiée, complexité des mesures prises à l'égard de la main-d'œuvre.

Hostilité latente de l'Administration envers l'essor des entreprises — Ce dernier point mérite un développement particulier.

*
* *

L'antagonisme de l'Administration et des entreprises particulières ne date pas d'aujourd'hui. En France, le contrôle de l'Etat sur une industrie quelconque en paralyse presque automatiquement l'essor. Si nos régions dévastées par la guerre ont repris en moins de dix ans, leur puissante activité industrielle, nous devons cette miraculeuse renaissance bien plus aux groupements autonomes qui surent élaborer leur programme, devancer les crédits, assurer la remise en marche délicate des usines par déclenchements progressifs, qu'à l'inerte bureaucratie ministérielle, dont l'énorme appareil constitue plutôt un régulateur massif qu'un volant de mise en marche.

Mais, dans la Métropole, l'Administration n'est point omnipotente. Lorsqu'un intérêt l'exige, elle peut déléguer ses pouvoirs à un mandataire contrôlé et permettre ainsi à un organisme plus souple d'interpréter la loi ou de l'ajuster par des amendements successifs à l'exigence impérieuse des besoins.

En Indo-Chine, depuis l'avènement des

gouverneurs généraux, notre administration importée tout d'une pièce et posée comme un bloc sur le sol conquis, a pu tout d'abord nous rendre des services au moment où, les désordres intérieurs une fois réduits, s'imposait la nécessité d'organiser un territoire peuplé de vingt millions d'habitants.

Mais lorsqu'à cette organisation administratives s'ajouta, au début du nouveau siècle, une organisation économique, lorsque s'ouvrit l'ère des grandes plantations, lorsque les hommes prévoyants, pour mettre en valeur notre beau domaine colonial d'Extrême-Orient, établirent enfin les bases d'une politique de matières premières, l'Administration cessant brusquement de jouer un rôle actif, se cristallisa dans une réserve défensive et attendit patiemment son heure.

Cette heure ne devait pas tarder à sonner.

Il advint en effet, qu'après avoir obtenu de grandes concessions, les planteurs ou les Sociétés firent venir sur place une main-d'œuvre importée du Tonkin, créèrent des villages, ouvrirent des routes, bâtirent des usines, transformèrent la brousse en région civilisée, modifièrent très vite le régime économique des contrées sur lesquelles s'exerçait leur action.

A cette ouverture d'une région mise en valeur devait correspondre logiquement une organisation administrative adéquate. Les planteurs se tournèrent donc vers l'Administration. Mais l'Administration ne bougea point ou suivit *malevolens*, à regret, en se faisant tirer l'oreille.

Police inexistante. Certaines provinces des Terres Rouges dont la population s'est augmentée de dix à vingt mille unités en cinq ans, conserve toujours un service d'ordre de 35 miliciens et un service de la sûreté incarné par un gendarme.

Dans le personnel des administrateurs s'est opérée une scission regrettable. Les administrateurs-chefs de bureau restent assis dans leur fauteuil et ignorent totalement les administrateurs ou délégués de province qui n'ont eux-mêmes que des contacts peu fréquents avec l'Administration centrale.

Le code pénal indigène, maladroitement inspiré du code pénal français, est souvent inapplicable.

Le code civil ne l'est pas moins. Un coolie javanais, pour citer un exemple, n'est reconnu au point de vue légal, ni comme annamite, ni comme asiatique. Il est inscrit à l'Etat civil européen. A sa mort, ou à la naissance de son fils, un officier d'Etat civil européen résidant parfois à 80 kilomètres de la plantation, doit obligatoirement constater la mort ou la naissance. Inutile d'ajouter que cette constatation n'a jamais lieu. Le mort continue à vivre, le nouveau-né n'a point d'existence légale. En cas de délit on ne peut appliquer à cette catégorie spéciale de coolies les textes concernant la main-d'œuvre importée. Ils sont traduits devant le tribunal de simple police comme les européens.

* * *

Si j'insiste sur cette question de police intérieure, c'est parce qu'elle est d'une grande importance dans les régions peuplées de nouveaux venus, parmi lesquels peuvent se glisser des agitateurs. Il est, en outre, indispensable que l'Administration s'emploie à faire respecter l'article 61 de l'arrêté sur la main-d'œuvre indigène, en appliquant les pénalités qui sanctionnent les obligations des engagés.

Cet arrêté a pris des mesures sévères pour empêcher la désertion des coolies en rupture de contrat. Il frappe également tout individu qui recruterait des engagés déjà liés par un contrat, corromprait, détournerait ou prendrait à son service des engagés appartenant à d'autres entreprises.

Mesures parfaitement justifiées qui n'attendent que leur application.

Mais lorsqu'un directeur de plantation porte plainte contre des meneurs pour absence du travail sans excuse valable, scandale sur la plantation, excitation à la grève, etc... l'Administration fait la sourde oreille, manquant doublement à son devoir qui est de faire respecter la loi et de protéger les travailleurs paisibles contre les excitations de quelques perturbateurs.

*
* *

Comment expliquer cette défaillance de l'Administration, ou, plus exactement, ce double jeu ?

Pourquoi se montre-t-elle si respectueuse du Règlement et d'une invention si tracassière pour élaborer toute une législation complexe quand il s'agit d'accorder au colon ce qu'il demande, c'est-à-dire le droit de travailler, alors qu'elle semble négliger son rôle ou affaiblir elle-même son autorité, quand ce même colon se tourne vers elle pour exiger la défense de ses droits?

A quelles mystérieuses influences obéit-elle?

On peut se colleter avec la brousse et la vaincre. Nos colons ont vaincu. On peut se débattre dans le maquis administratif et en sortir. Nos colons en sont sortis. On peut ouvrir des voies à la civilisation, peupler des régions nouvelles de travailleurs, faire jaillir la richesse du sol. Nos colons ont fait tout cela.

Mais on ne peut poursuivre l'œuvre commencée que si l'on est soutenu, encouragé, aidé.

Ce n'est plus seulement au Gouvernement de la colonie qu'il convient à présent de de poser la question.

C'est à la France tout entière.

X

C'est après avoir fait un tableau d'ensemble des difficultés devant lesquelles se sont trouvés les organisateurs de l'Indochine, difficultés en partie vaincues pour aboutir au magnifique résultat d'aujourd'hui, que l'on comprend la tactique précise des communistes à la séance du 18 mars.

Pour ces apôtres de la destruction organisée, toute œuvre qui réussit est suspecte, tout dessein de grande envergure est symptôme d'impérialisme, toute mise en valeur rationnelle est signe d'exploitation.

Mais à côté de ces attaques directement inspirées par la haine envieuse qu'ont toujours eu les impuissants contre ceux qui créent, se dessine une manœuvre trop ouvertement dirigée par Moscou pour qu'on n'y prenne pas garde.

Echec en Europe. Les nations occidentales mûries par une expérience de dix siècles, averties par les leçons du passé, ont résisté à la vague rouge comme les ponts de pierre à l'époque des crues. Une poussée directe ne les abattra pas. Il faut encercler le vieux Continent, multiplier au tour de lui les foyers d'insurrection, détruire les liens qui unissent les métropoles aux colonies atteindre les grandes nations par leurs possessions lointaines, troubler les sources des richesses exotiques en émancipant les indigènes et en les excitant à la révolte.

Un coup d'œil jeté sur la carte du monde et le souvenir des troubles qui ont éclaté en Asie et en Afrique depuis dix ans, suffisent à dénoncer le machiavélisme du plan, à tracer les repères d'un cercle rouge qui s'étend de Moscou à Fez en passant par la Chine, les Indes Néerlandaises, l'Inde, la Turquie, la Syrie, la Tunisie et le Maroc.

En ces différents points soyez sûr que le bolchevisme travaille. Pas de doctrine pure, évidemment, pas d'action directe, mais une exploitation dissimulée et systématique de tous les mécontentements, de toutes les aspirations chaotiques, de toutes les velléités de désordre. En Chine? Exploitation de la xénophobie asiatique. A Java? Revendications de plus hauts salaires. Aux Indes? Exaltation du sentiment religieux. En Turquie et en Syrie? Soutien des aspirations nationales. En Tunisie et au Maroc? Propagande en faveur de la guerre sainte et du réveil islamique.

Insidieuse et multiforme la propagande communiste s'adapte à tous les programmes de destruction, à toutes les révoltes. Un maillon manque à cette chaîne : l'Indochine.

Il importe de river ce dernier maillon.

*
* *

Le discours de M. Cachin, si modéré dans sa forme, s'explique alors brutalement.

Ce discours était préparé de longue date.

L'occasion, seule, manquait, de le prononcer. Et cette occasion vient d'être provoquée, inconsciemment, nous voulons le croire encore, par un député colonial dont l'aveuglement ne le cède qu'à l'incurable maladresse.

Pour démolir un adversaire politique, que faut-il? Un scandale. Cherchons le scandale. On le trouve toujours. On le prouve plus tard. L'interpellateur quitte la tribune. Il se croit victorieux. Mais un autre interpellateur se lève. Il commence par déclarer qu'il n'a rien de commun avec le groupe qui a formulé les accusations. Il ajoute : « Si nous les retenons, c'est parce que notre intention très formelle est de passer du particulier au général ».

On ne peut pas avouer avec plus de cynisme sa volonté de piétiner résolument dans une flaque de boue pour éclabousser tous les visages.

Il s'agit, pour obéir aux instructions de Moscou, de mener l'attaque sur deux points. Comme par hasard, ces deux points sont précisément les pôles de l'interpellation précédente : un administrateur est accusé de maltraiter les indigènes ; une concession importante a été accordée à la légère, à la veille d'une nouvelle réglementation.

Ces deux cas particuliers, non prouvés d'ailleurs, vont servir de thème au développement suivant : *Le scandale de notre politique indigène aux colonies et le scandale des concession accordées aux sociétés coloniales.*

Du coup, notre effort colonial est dénaturé, sali, insulté à la tribune et risque de paraître suspect à toute l'opinion déconcertée.

Du coup, les agitateurs peuvent reprendre ces calomnies, s'en armer pour exciter nos populations indigènes, arrêter net l'essor de notre prospérité, ajourner *sine die* l'octroi de nouvelles concessions et immobiliser la lourde machine administrative jusqu'au retour d'une commission d'enquête dont les conclusions ne sont pas déposées de sitôt.

Eh bien non. La manœuvre est trop grossière pour ne pas être déjouée. Nous ne sommes plus au temps où les escarmouches de Lang-Son faisaient tomber Jules Ferry en compromettant une fois de plus la politique coloniale française.

Ecrasée au traité de Vienne, dépouillée par le traité de Versailles, la France n'a plus d'avenir qu'en ses possessions d'outre-mer, d'espoir qu'en ce magnifique domaine colonial reconstitué sans bruit, presqu'en cachette, comme si elle en excusait, sur d'autres parties du monde (Indochine, Madagascar, Afrique), au cours du XIXe siècle.

On se rappelle le mot de Bismark, lors de la conquête de Hanoï par Francis Garnier, en 1873 : « Je les laisse partir pour le Tonkin, ils y useront le peu de force que je leur ai laissée ».

Bien loin de nous user à une guerre de conquête, nous avons plus rapidement qu'on ne le pensait, pacifié le pays. Au point de vue commercial, la métamorphose, en quarante ans, s'est révélée prodigieuse. Depuis quinze ans nos exportations ont augmenté de 800 millions : riz, maïs, oléagineux, poivre, café, thé, cannelle, huile, minerais, pierre calcaire, bœufs, buffles, porcs, peaux vertes, poissons secs, volailles, œufs, tissus de soie, dentelle, peaux tannées et ouvrées, ciments, savons, sparterie, vannerie, caoutchouc, tout nous est offert.

Grâce aux entreprises particulières et surtout aux plantations qui couvrent de grandes superficies en Cochinchine, le pays s'est enrichi d'un réseau de routes de 30.000 kilomètres. Les sociétés en ont construit une partie et savent, mieux que l'administration peut-être, les sommes énormes qu'elles y ont dépensées.

Le recrutement de la main-d'œuvre a permis aux indigènes les plus misérables, dans la proportion de 60 o/o, de se refaire une vie par leur travail, en échappant aux exactions des mandarins.

Grâce à une véritable politique sanitaire, le coefficient de mortalité sur des terres jugées malsaines s'est abaissé de 5 à 2,75 o/o et la vie moyenne d'une coolie ressort, d'après les statistiques, à 60 ans, dont 30 ans de séjour sur une plantation.

Grâce également à une politique de recrutement familial, la population transplantée a tendance à se fixer sur place et à s'accroître.

Le prix du terrain s'est élevé dans des proportions incroyables. Avant l'intervention des planteurs, il était difficile de tirer 20 cents d'un hectare; actuellement, dans certaines adjudications on a dépensé 60 piastres pour acheter le droit de mettre en valeur. Le caoutchouc se révélant culture de base, a permis d'envisager la création d'autres cultures comme le café, le sucre et le palmier à huile, qui autorisent les plus grands espoirs.

L'opinion métropolitaine, longtemps indécise, s'intéresse enfin à l'essor de ces grandes entreprises lointaines dont la réussite force l'admiration. Une opinion coloniale se crée. Les générations d'après guerre voient en Indochine le terrain neuf où leur énergie et leur bonne volonté peuvent s'employer utilement. Des milliers de lettres attestent le désir chez les jeunes Français de s'expatrier en s'enrôlant dans la grande armée de créateurs qui marche de victoire en victoire.

Et c'est au moment où le pays tout entier comprend enfin l'importance de l'œuvre qui va nous sauver, qu'éclate comme une bombe un scandale politique.

*
* *

Depuis six mois déjà, la cause coloniale était attaquée.

Au mois de septembre dernier, alors que les capitaux plus confiants reprenaient le chemin de la mère-patrie, on voulut assimiler purement et simplement les actions coloniales aux actions des sociétés étrangères. C'était ignorer systématiquement toute distinction entre l'argent qui alimente les entreprises étrangères et celui qui travaille au relèvement de la France.

Mais la dernière attaque est plus grave puisqu'elle tend à décourager l'effort des Français qui travaillent, et à exciter contre nous l'indigène qui nous a offert jusqu'ici sa paisible collaboration.

N'était-il donc pas suffisant que l'Administration se fût arrogé le droit d'interdire aux coolies de disposer d'eux-mêmes en s'opposant, malgré leur libre consentement, à leur départ pour les plantations de Cochinchine, alors qu'elle favorisait leur exode vers la Nouvelle-Calédonie, les nouvelles-Hébrides ou Tahiti ?

Et faut-il qn'on sème à présent l'inquiétude dans la masse laborieuse de la population par des campagnes calomnieuses ou des accusations complètement injustifiées ?

L'opinion française jugera. Nous lui avons montré ici les réalisations obtenues, les efforts accomplis, l'œuvre magnifiquement amorcée. Derrière cette première réalisation, toute une jeunesse impatiente ne demande qu'à poursuivre la tâche, qu'à faire plus, qu'à faire mieux.

Un parti anti-français s'efforce, conformément à un programme politique, d'arrêter cet élan et de compromettre notre avenir colonial.

Si les défenseurs de la « plus grande France » restent inactifs ou divisés par leurs passions électorales, nous aurons tôt fait de perdre la partie.

L'opinion a besoin d'être rassurée. Les Français de l'Indochine ont besoin de travailler dans une atmosphère définitivement assainie.

Que les responsables de la séance du 18 mars entendent ce solennel avertissement !

XI

> Je regrette d'avoir encore à évoquer le nom de M. Octave Homberg, mais c'est que je le trouve partout. Comme le disait Victor Hugo de Napoléon, je me heurte à lui à tous les détours de mon enquête...
>
> (Chambre des Députés, Séance du 18 mars 1927).

Semblable en cela au leader communiste, je vais évoquer, moi aussi le nom de M. Octave Homberg. Le sentiment qui m'anime sera différent, voilà tout. Et puisqu'aussi bien M. Cachin se heurte au cours de son enquête au nom d'un homme, je parlerai de cet homme.

Il en vaut la peine.

Ce faisant, je sais d'ailleurs à quoi je m'expose. Il n'est pas de jour où *l'Argus* ne m'apporte quelque coupure de journal confidentiel où l'on me traite de vendu, d'écœurant valet de lettres et de plat coquin. Le plus modéré de ces insulteurs se demande même avec une fausse ingénuité où s'arrête mon inconscience et où commence ma canaillerie.

Il sera fixé aujourd'hui même. Je veux lui répondre sans tarder et voici ma courte confession.

*
* *

En décembre 1925, revenu de Guyane, non comme forçat libéré, mais comme enquêteur libre, je corrigeais la dernière épreuve de mon dernier article sur le Bagne qu'attendait le marbre du *Journal*, lorsqu'on m'avertit par téléphone que M. Octave Homberg désirait me voir. Quelques heures plus tard, j'étais dans son bureau.

— Vos articles m'ont plu. Etes-vous libre?

— Cela dépend.

M. Octave Homberg alluma une cigarette et sourit :

— J'ai deux idées de grande enquête : le

bolchevisme en Chine ou le caoutchouc. L'histoire de ceux qui détruisent ou l'histoire de ceux qui créent.

— Bon. Liberté entière de...

— Vous verrez et vous direz ce que vous avez vu. Je me borne à vous donner deux sujets, à payer votre voyage, à payer vos articles. Revenez me voir dans huit jours en m'annonçant le sujet que vous aurez choisi.

— D'accord.

Huit jours plus tard, nouvelle entrevue :

— Hé bien ?

— J'ai choisi le caoutchouc. L'économique m'intéresse plus que le politique.

Octave Homberg jeta sa cigarette, en alluma une autre, réfléchit pendant trois secondes et me regarda dans les yeux :

— Trois chapitres : la Production, la Consommation, le Marché. Beau sujet. Vous irez en Malaisie voir ce que font les Anglais ; à Java voir ce que font les Hollandais ; en Indo-Chine, constater notre effort à nous, Français.

J'ouvris les yeux tout grand.

— De là, vous vous rendrez en Amérique pour étudier les principaux facteurs de la consommation, et vous reviendrez par Londres où s'est fixé le grand marché international.

— Mais...

— Mais quoi ?

— Vous me... enfin je... vous me faites faire le tour du Monde ?

— En effet. C'est un beau voyage. Rapportez en quelque chose d'intéressant. Bonne chance.

Stupéfait, je regardais maintenant celui qui m'envoyait ainsi sur la piste du Monde. Un visage d'une pâleur étrange, mais un regard étonnamment fier et jeune. Tout le scepticisme de celui qui prévoit, toute la foi lucide de celui qui agit. Prévoir avant d'agir. Tout créateur n'use pas d'autre formule.

Octave Homberg, en cinq minutes, m'avait révélé à moi-même, m'avait créé.

Ce qui vous permettra de dire, Messieurs

les Communistes, que je suis la « créature » de M. Octave Homberg.

*
* *

— Qu'est-ce donc que M. Octave Homberg et pourquoi me fait-il faire ce voyage ?

Vous pensez bien que je ne suis pas assez candide pour ne m'être pas posé la question pendant les huit jours de réflexion qui me furent accordés avant de donner ma réponse définitive.

Et voilà ce que j'ai appris, ce que tout le monde sait d'ailleurs aujourd'hui :

Octave Homberg ? Riche, depuis toujours. Son père était régent de la Banque de France. Il avait en entrant dans la vie une fortune suffisante pour ne rien faire et mener une existence facile.

Il entre dans la diplomatie après avoir été reçu au concours. La diplomatie, pour un fils de famille fortuné, peut être une agréable sinécure. Rien de plus aisé que d'entrer dans la carrière pour se laisser vivre doucement, chargé d'honneurs et de considération.

Mais on ne change pas son tempérament. Dans la diplomatie, Octave Homberg veut jouer un rôle. Il est successivement attaché au cabinet de Delcassé, secrétaire à la Conférence de la Paix et chargé de missions les plus délicates.

Alors? Pourquoi éprouver le besoin de quitter la diplomatie pour se lancer dans les affaires? L'amour de l'argent? Non. Il en a suffisamment. Il est de plus artiste, cultivé, et la vie somptueuse d'un amateur éclairé ou d'un mécène, lui est offerte.

Mais de cela, non plus, il ne veut pas. Il veut créer. Il se lasse d'être un témoin. Il brûle d'agir.

— Le mirage des affaires coloniales?

— Non. Les affaires métropolitaines, d'abord. A la veille de la guerre, nous retrouvons Octave Homberg, vice-président de la Banque de l'Union Parisienne, appelé à en recueillir la présidence. La guerre éclate. Il faut choisir : rester à ce poste ou briser net sa carrière en mettant son activité au service de la France. Octave Homberg n'a pas l'habitude d'hésiter longtemps. Il quitte l'Union Parisienne pour ne pas conserver des intérêts dans une banque privée et offre son expérience au pays. Il remplit en Angleterre, en Amérique, en Espagne de lourdes missions qui achèvent d'ébranler une santé par ailleurs atteinte par les plus cruels deuils de famille.

Sonne l'heure de l'armistice. Rien n'est plus facile pour lui que de rentrer au Conseil d'administration de l'Union Parisienne. Mais ce qu'il veut, c'est créer, faire œuvre personnelle, forger pour le pays un outil qui porte sa marque. Il fonde la Société financière française et coloniale. Son programme est désormais arrêté. Les leçons de la guerre, l'expérience acquise en présidant la Commission des changes, sa double éducation de diplomate et de financier, son habitude d'internationaliser les questions économiques lui tracent désormais sa vraie voie, lui montrent le vrai but, le seul : sauver la

France en restaurant sa puissance économique par le développement de sa puissance coloniale.

L'entreprise a réussi au delà de toute espérance, parce qu'elle répondait à un besoin, parce qu'elle était la juste expression des nécessités nationales. De plus, Octave Homberg, financier au sens noble du mot, se connaissait en hommes. Il sut choisir des collaborateurs et créer des affaires qu'il animait, des affaires qui vivaient, qui poussaient vite et dru sous l'impulsion d'un tel animateur, des affaires dont la réussite presqu'immédiate ne comportait qu'un secret : celui d'avoir à leur tête, non pas un chef seulement mais un apôtre.

*
* *

Voilà ce que j'appris au cours de ces huit jours de réflexion, voilà ce qui me décida. On peut servir la cause d'un tel homme et en être fier.

J'en suis fier.

Si M. Marcel Cachin trouve le nom de

M. Octave Homberg à la tête de dix-neuf sociétés indo-chinoises de première importance et s'il s'en indigne, laissons le exhaler son amertume. Je n'en comprends vraiment pas la raison profonde.

Ce qu'il faut voir dans cette politique toute particulière des communistes anti-patriotes, c'est un besoin déplorable d'étouffer tout ce qui s'élève, de comprimer toute force qui jaillit, d'anéantir toute force vive.

Promettre aux hommes ce à quoi ils ne peuvent pas prétendre, décourager ceux qui sont les vrais artisans de la grandeur nationale, démolir, voici le programme de Moscou.

En attaquant Octave Homberg à la tribune, les démolisseurs du 18 mars, ont voulu attaquer la cause coloniale qu'il incarne, et tous les hommes qui, comme lui sont des réalisateurs heureux. Les vrais Français ne seront pas dupes de cette manœuvre.

Qu'ils jugent.

Ils ont maintenant les pièces en main.

APPENDICE

« *La meilleure preuve que les concessions attribuées aux Sociétés même gratuitement par le Gouvernement de l'Indo-Chine ne sont pas toujours des cadeaux, mais au contraire peuvent entraîner des charges qui donnent à réfléchir aux affaires même les mieux établies et les plus puissantes, nous est donnée par le fait suivant qui nous est signalé au moment où nous mettons cet ouvrage sous presse.*

« *Nous croyons savoir, en effet, que la Société indo-chinoise des Cultures Tropicales, qui dispose de plusieurs centres d'exploitation très importants en Cochinchine, vient de rendre spontanément à l'Administration de l'Annam, une concession de plus de 5.000 hectares. Cette restitution est due aux difficultés de main-d'œuvre de la région où se trouvait ce domaine, à la qualité insuffisante des terres, etc. Cette Société a jugé que les obligations imposées par son cahier des charges n'étaient nullement en proportion avec la valeur de la propriété concédée, cependant à titre gratuit, et, dans ces conditions, elle a cru de son devoir de ne pas immobiliser ces terrains et de les rendre à l'Administration bien avant le moment où elle encourrait une déchéance quelconque.* »

(Voir Chapitre II, relatif à l'Octroi des Concessions).

TABLE DES MATIÈRES

OUVRAGES DU MÊME AUTEUR

CHANSONS SUR TROIS NOTES (illustré par Gobò).

BAGNARDS ET CHERCHEURS D'OR (Ferenczi et fils, 1925).

L'ÉPOPÉE DU CAOUTCHOUC (Stock, 1927)

A paraître :

LE TOUR DU MONDE EN VINGT TABLEAUX.

Imp. LES PRESSES MODERNES, 45, rue de Maubeuge, Paris.
Ateliers : Troyes (Aube).

Imp. Les Presses Modernes, 45, rue de Maubeuge, Paris. Ateliers : Troyes (Aube).

www.ingramcontent.com/pod-product-compliance
Ingram Content Group UK Ltd.
Pitfield, Milton Keynes, MK11 3LW, UK
UKHW031907260826
14628UKWH00003B/1050

9 782329 082578